MIRROR GAME

MIRROR GAME

Scénario **Sunny** × Dessin **Baolong**

KOYOHAN

SOMMAIRE

BON, ON A RÉUSSI À DÉJOUER L'OPÉRATION DU JOUEUR DE FLÛTE.
MAIS POURQUOI JE N'AI PAS VU K ?
Brouhaha
Brouhaha
Brouhaha
AU PIRE, IL AURAIT DÛ Y AVOIR UN SIGNE...
!!!
Se fige
C'ÉTAIT POUR DÉTOURNER NOTRE ATTENTION !

JINWOO, VIENS T'ASSEOIR ICI.
TU AS DIT QUE TU VOULAIS ÉTUDIER LA MAGIE, NON ?
OUI...
BON, ALORS REGARDE BIEN !
C'EST UNE PIÈCE À LAQUELLE JE TIENS BEAU-COUP.
JE VAIS TE MONTRER UN TOUR EXTRÊMEMENT SIMPLE QUI CONSISTE À LA FAIRE DISPARAÎ-TRE.
Tac...

ALLEZ, JE COMMENCE !
OUVRE GRAND LES YEUX.
Fwip...
UN !
Swoush
Gloups

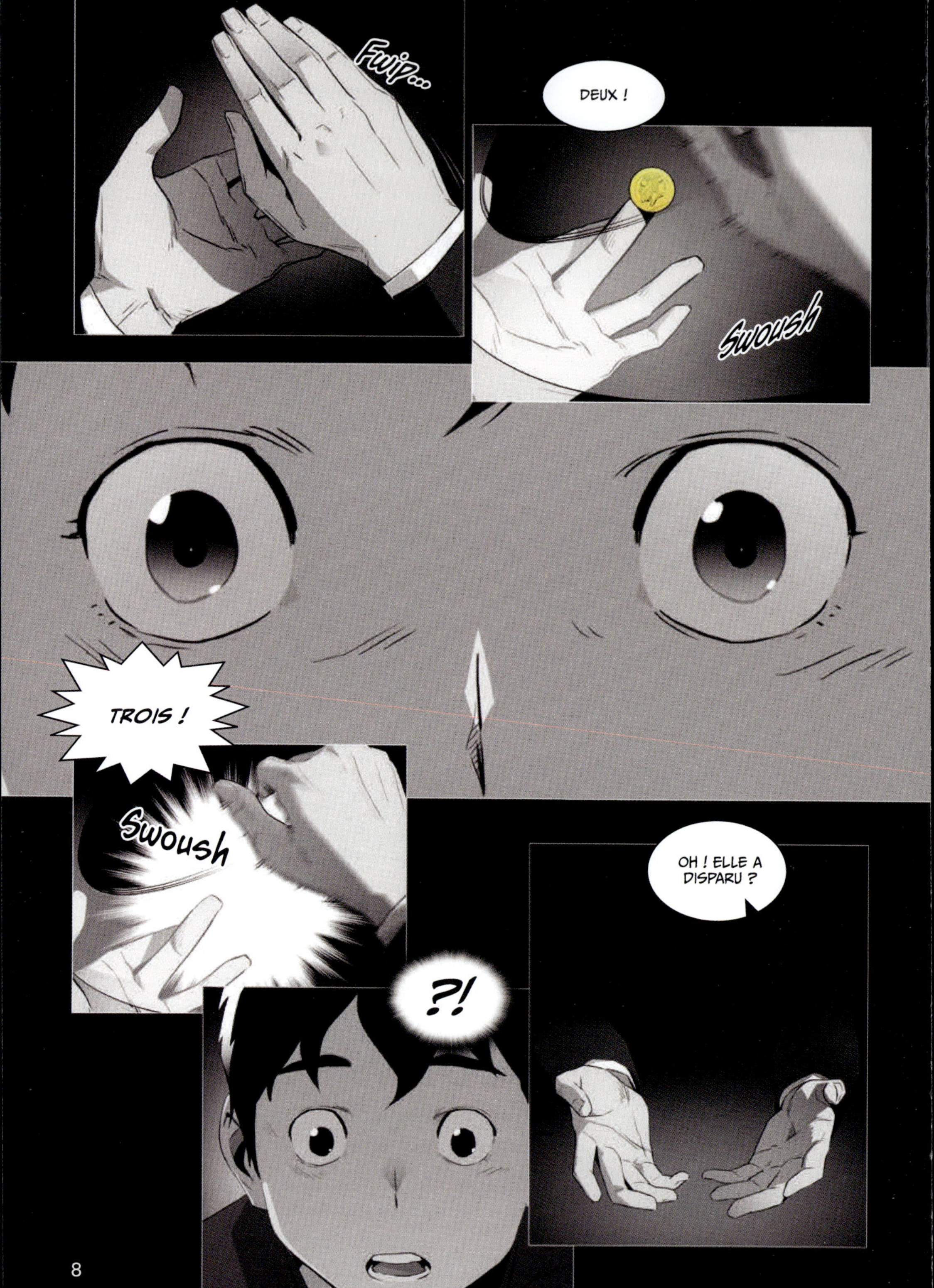
Fwip...
DEUX !
Swoush
TROIS !
Swoush
?!
OH ! ELLE A DISPARU ?

ALLEZ ! ON SE CONCENTRE !
Clac
OÙ EST-CE QU'ELLE A BIEN PU PASSER ?
EUH...
OH ? ATTENDS... IL Y A QUELQUE CHOSE LÀ, NON ?
Fwip
ALORS COMME ÇA, LA PIÈCE ÉTAIT DANS TA POCHE, JINWOO !
Fwip
Fwip
HEIN ? M... MAIS QUAND EST-CE QU'ELLE EST ARRIVÉE LÀ ?
QU'EST-CE QUE TU EN PENSES ? C'EST À LA FOIS SIMPLE ET FASCINANT, NON ?
Hoche
LES MAGICIENS SE SERVENT D'UNE TECHNIQUE TRÈS IMPORTANTE...
QU'ON APPELLE "LE DÉTOURNEMENT D'ATTENTION".

LE DÉTOURNEMENT D'ATTENTION ?
OUI, C'EST ÇA.
J'AI LÉGÈREMENT RECOUVERT CETTE PIÈCE DE MA MAIN LIBRE LORSQUE JE L'AI AGITÉE TROIS FOIS, N'EST-CE PAS ?
OUI !
Tac
ET LORSQUE TU TE CONCENTRAIS SUR MA MAIN ET SUR LE DÉCOMPTE, J'AI FAIT PASSER LA PIÈCE DANS MA MANCHE.
ENSUITE QUAND JE T'AI DEMANDÉ DE TE RECONCENTRER, TU AS NATURELLEMENT REGARDÉ MA MAIN...
C'EST À CE MOMENT-LÀ QUE J'AI MIS LA PIÈCE DANS LA POCHE DE TON T-SHIRT.
Clac
LES MAGICIENS UTILISENT SOUVENT LEURS MAINS, LEURS PAROLES, LEURS GESTES ET LEURS REGARDS...
POUR QUE LES SPECTATEURS NE SE RENDENT PAS COMPTE DE CE QUI SE PASSE.
C'EST CE QU'ON APPELLE "LE DÉTOURNEMENT D'ATTENTION".
C'EST À ÇA QU'ON PEUT DÉTERMINER LE TALENT D'UN MAGICIEN.
BIEN ENTENDU, IL FAUT QUAND MÊME TRAVAILLER BEAUCOUP D'AUTRES TECHNI-QUES...

MAIS OUI ! C'EST ÇA !
L'AGITATION DANS LA RUE, LE JOUEUR DE FLÛTE ENTRAÎNANT LES GENS DANS LES IMMEU-BLES...
DANS CE CAS...
ET SI CE N'ÉTAIT QU'UNE FAÇON DE DÉ-TOURNER NOTRE ATTENTION ?
LES VRAIS PARTICIPANTS NE SE TROUVENT PAS DANS LA RUE...
MAIS DANS LES IMMEUBLES AVOISINANTS !
FWIP
JOUR J
14 JOURS 05 HEURES

CHAPITRE 28 - Le détournement d'attention

C'EST ÇA, LE PLAN DE K ?
M*RDE...
ARRÊTE !!!
Tap
Tap
Tap
Tap
Tap
Tap

JE N'AI PAS UNE SEULE SECONDE À PERDRE ! CES GENS SONT SUR LE POINT DE TOMBER DU TOIT !
Tap
JE T'AI DIT D'ARRÊTER, ENF*IRÉ !!!
Attrape
ILS VONT MOURIR SINON !
TCH
AC
Woush

BOUM
OH LA LA ! MON DOS...
JE NE PEUX PLUS FAIRE CE GENRE DE CASCADES, MAINTENANT !
Tac
AH ! LES GENS...
!
Fwip
ILS SE SONT ARRÊTÉS ! ILS NE BOUGENT PLUS !
C'ÉTAIT BIEN LA FLÛTE QUI LES CONTRÔLAIT.
CE CINGLÉ DE K...
COMMENT EST-CE QU'IL A PU IMAGINER UN PLAN PAREIL ?!
QUELQUES SECONDES DE PLUS ET C'ÉTAIT FOUTU.
ILS ONT BEAU S'ÊTRE ARRÊTÉS, L'HYPNOSE N'A PAS ÉTÉ LEVÉE...
EST-CE QUE ÇA VA PRENDRE LONG-TEMPS ?

?!
Fwip...

CHAPITRE 29 - Dans le vide

K ! J'ATTRAPERAI CE C*NNARD QUOI QU'IL EN COÛTE !
OOOH !
Lève
?!
QUOI ? CE N'ÉTAIT PAS FINI ?
Brouhaha
LÀ... LÀ-BAS ! IL Y A QUELQU'UN !
Brouhaha
?
Brouhaha
ON EST ENCORE EN DANGER ?
Fwip

!!!
JOUR J
14 JOURS 05 HEURES

Fiouuu...
Tap

Pof
Tap
BOUM

BOUM
Pschhh

BOUM
Lève
BOUM
BOUM
BOUM
Swouuuush

...
Fwip...
Vrrr
ONE
Vrrr
EUX AUSSI ONT DÛ VOIR ÇA.
IL EST TEMPS DE PASSER À LA SUITE ?
OUI, J'ATTENDAIS VOTRE APPEL.
OUI, ENTENDU. JE FERAI COMME PRÉVU. NE VOUS INQUIÉTEZ PAS.
NON. K EST ENCORE...

?!
Ssh
Fwip

Tac
BOUM
BOUM
BOUM

BOUM

Bou
Bou
Bou
Bou
Bou
BOUM
Bou
Bou
BOUM
!!!
Fwip

Brr
Brr
Brr
Tremble
Tremble
26

24
15
14
12
09
07
06

03
02
01
01
S'ouvre...

Tap

Tourne...
ENFIN...
...
ON SE RENCONTRE ENFIN...
JOUR J
14 JOURS 04 HEURES

K !!!
Tatatap
Pshhhhh...
Swouuush
?
Pshhh...

ARRÊTE-TOI !!!
Pschhhh...
Tap
Criii
Tap
Tap
Brouhaha
DEMANDE D'AMBULANCES EN RENFORT DE TOUS LES HÔPITAUX ET CASERNES DE POMPIERS ENVIRONNANTS ! JE RÉPÈTE ! DEMANDE D'AMBULANCES EN RENFORT DE TOUS LES HÔPITAUX ET CASERNES DE POMPIERS ENVIRONNANTS ! MOBILISATION TOTALE !!!
Brouhaha
Criii
QUE TOUS LES AGENTS SUR PLACE RESTREIGNENT LA ZONE ! QUE TOUS LES AGENTS SUR PLACE RESTREIGNENT LA ZONE !!!
Brouhaha
PROCÉDEZ À L'ESTIMATION DE L'AMPLEUR DES PERTES ! PROCÉDEZ À
Criii
CONTENEZ...
CONTENEZ LA FOULE...
ON A BESOIN... DE PLUS DE RENFORTS...
Brr
Brr
Brr

APPELEZ... DES AMBULANCES... APPELEZ...
Brr
Crii
Brr
TOUT LE MONDE... APPELEZ-LES TOUS...
S'arrête
!!!
Pshhh...
Fwip
Swouush...

K !!!
Tap
JE VAIS
TE TUER !!!
Ta ta ta tap
!!!
Swoush

SEO JINWOO ?!
LES MOTS QUE JE VAIS PRONONCER VONT SE GRAVER DANS VOTRE CERVEAU SANS QUE VOUS PUISSIEZ LES REJETER.
ET VOUS SUIVREZ CES ORDRES...
À LA LETTRE.
Tac
DÈS QUE VOUS VERREZ JINWOO, VOUS LE METTREZ EN JOUE...
ET VOUS TIREREZ SANS LA MOINDRE HÉSITATION.

UNE BALLE DANS LA TÊTE...
ET L'AUTRE DANS LE CŒUR.
SUR QUI VOUS AI-JE DIT DE TIRER ?
SUR QUI VOUS AI-JE DIT DE TIRER ?
SUR SEO JINWOO.

CHAPITRE 31 - Tête à tête dans la fumée
Ssh...
K !!!
Tap
Tap
SUR QUI VOUS AI-JE DIT DE TIRER ?
SUR SEO. JIN. WOO.
LA TÊTE...
Clac
LE CŒUR...
Fwip

Tap
Tap
JOUR J
14 JOURS 04 HEURES
Ta ta tap...
Woush
K !
Woush

OÙ ES-TU, K ? OÙ TE CACHES-TU ?!
Swouuush...
MONTRE-TOI !
QU'EST-CE QU'IL Y A ? TU AS PEUR DE MOI ? ALLEZ, MONTRE-TOI !!!
Sssssh
!
Fwip
Sssh

!
Fwip
TU ES LÀ ?!!
Swouuuush...
K !
...
POURQUOI TU M'AS FAIT ÇA ?!
POURQUOI EST-CE QUE TU AS EFFACÉ MA MÉMOIRE...

ET TU M'AS DEMANDÉ DE T'ARRÊTER ?
POURQUOI...
IL A FALLU QUE CE SOIT MOI ?!!
Ssh...
POURQUOI TU FAIS ÇA ?
ESPÈCE DE MONSTRE !!!

Swouuush...
?
!!!
Attrape
Woush
Fwip
Fwip
Pshh...
Boum

K...!
...
POURQUOI JE FAIS ÇA ?

TU VEUX VRAIMENT LE SAVOIR ?
Tac...
...
Tap
Tap
Tchac
UNE PIÈCE...?
Tic
Tac

Ouvre
DANS CE CAS...
RETROUVE-MOI.
Fwip
À SUPPOSER QUE TU SORTES VIVANT D'ICI.
NE RACONTE PAS N'IMPORTE QUOI !
VIDE TON SAC MAINTENANT !
Sssssh...
HÉ ! K !

ATTENDS VOIR, ENFOIRÉ !!!
K !
K !
POURQUOI AS-TU EFFACÉ MA MÉMOIRE ?!
POURQUOI ?!
DIS-LE-MOI, ENFOIRÉ !!!
RAH ! CE TYPE EST IMPOSSIBLE À ATTRAPER...
Tap Tap
EST-CE QU'IL Y A UN INDICE CONCERNANT LE LIEU OÙ IL SE CACHE SUR CETTE PIÈCE ?
IL NE ME L'AURAIT PAS DONNÉE SANS RAISON...
Tap...
Tap
À SUPPOSER QUE JE SORTE VIVANT D'ICI ? QU'EST-CE QUE ÇA VOULAIT DIRE...?
Tap

Fwip
!
AH...
Swouuush...
CHA JIHYEON ?
QU'EST-CE QUE VOUS FAISIEZ ?
K ÉTAIT LÀ IL Y A UN INSTANT À PEINE...
IL FAUT VITE QUE VOUS LE POURSUI...?!
Tchac
?!
Tressaille

QUE... QU'EST-CE QUE VOUS FAITES ?! JE VOUS DIS QUE K EST ICI !
LA TÊTE...
LE CŒUR...
SEO. JIN. WOO.
ELLE EST SOUS HYPNOSE...?!
PAN

CHAPITRE 32 - La fin du numéro
!
Fwip
...
CHA... CHA JIHYEON ?
ELLE EST SOUS HYPNOSE...?!
PAN

JOUR J

14 JOURS 04 HEURES

K EST ICI ?!
Ta ta tap
Swouuuush
...
AVONS-NOUS BESOIN DE SEO JINWOO DANS LA SITUATION ACTUELLE ?
ON VERRA. PEUT-ÊTRE, S'IL SURVIT.
Clac
ET PUIS...

LORSQU'IL AURA RÉCUPÉRÉ SES SOUVENIRS...
NOUS SAURONS DÉFINITIVEMENT S'IL EST NOTRE ENNEMI OU NOTRE ALLIÉ.
Tchac...
LA TÊTE...
LE CŒUR...
SEO JINWOO...
Pshhh...
Tap
Tap
UNE BALLE DANS LA TÊTE, ET L'AUTRE DANS LE CŒUR...

!
CHA JIHYEON...
SEO JINWOO !
Fwip
Swouuuuush
!!!
Tac
CHA JIHYEON...

PAN
PAN
PAN
PAN
PAN
PAN

PAN
PAN
PAN
PAN
Fwip
Fwip

JIHYEON !!!
HÉ ! JIHYEON !!!
Huff Huff
Tatap
HÉ, QU'EST-CE QUE TU FAIS LÀ ?
ET C'EST QUOI TOUTE CETTE FUMÉE ?
Huff Huff
DONGCHEOL... J'AI TIRÉ... SUR SEO JINWOO...
Plic
JE L'AI TUÉ...

HEIN...? SEO JINWOO ?
...
JETTE TON ARME !!!
Tap Tap
N... N'APPROCHE PAS ! SI TU BOUGES, JE TIRE !!!
Tap
Tap
Brr
POLICE
Brr
Brr
TU NE TE SOUVIENDRAS PAS... DE M'AVOIR VU.
Tap
Tap
Ping
Fwip...

Chancelle
WIOUUU
WIOUUU
Scrii
WIOUU
Scriish
WIOUU
Scrii
JI... JIHYEON...
QU'EST-CE QUI T'ARRIVE ? TU N'AS PAS TUÉ SEO JINWOO... IL N'EST PAS LÀ...

Brr Brr
CALME-TOI, D'ACCORD ?
Serre
Plic
TOUS CES GENS...
VOUS N'AVEZ PAS PU LES EN EMPÊCHER, HEIN ?
HMP !
WIOUU
WIOUU

WIOUU
WIOUU
L'OPÉRATION DU JOUEUR DE FLÛTE S'EST DÉROULÉE COMME NOUS L'AVIONS SOUPÇONNÉ...
WIOUU
TOUS CES GENS SONT MORTS...
WIOUU
ET... JE N'AI RIEN PU Y FAIRE.
WIOUU
PLUS D'UNE CENTAINE DE PERSONNES ONT PERDU LA VIE DANS CETTE TRAGÉDIE.
Pschhhh
LE MONDE A COMMENCÉ À CRAINDRE K...
ET A SOMBRÉ DANS LE CHAOS.
LES GENS...
Pschhhh

SE SONT MIS À COMPTER LES JOURS AVANT LA DATE FATIDIQUE.
Splash
Splash
Pschhhhh
Pschhhhh
hhhh
JE NE TE LE PARDONNERAI PAS. TU NE T'EN SORTIRAS PAS COMME ÇA...
hhhh
K...

CHAPITRE 33 - Dongcheol (partie 1)

JOUR J

14 JOURS 02 HEURES

À PLUS TARD, ALORS !
OUI. COURAGE !
Fwip
VOUS ÊTES TOUS LÀ ? ON RENTRE !
OUI !
BRAOUUM
Brrr
REPRENDS-TOI, ALLEZ, REPRENDS-TOI...

SWOUUUSH
BOUM
BOUM
BOUM
CE N'EST PAS ENCORE FINI. LE PIRE RESTE À VENIR.
LE JOUEUR DE FLÛTE N'ÉTAIT QU'UN AVANT-GOÛT...
Serre
CE NE SERONT PAS SEULEMENT LES TRIPLÉS, MAIS DES PERSONNES DU MONDE ENTIER...
QUI SE SUICIDERONT LE MÊME JOUR, À LA MÊME HEURE !

OH ? ÇA NE VIENT PAS DE MON PORTABLE...
Dring
Tac
AH !
Dring
C'EST VRAI ! LE TÉLÉPHONE DE JIHYEON !
SEO JINWOO L'AVAIT PRIS, L'AUTRE FOIS...
Fwip...
IL FAUT QUE JE LE RENDE À JIHYEON...
OH ! IL M'AVAIT DIT UN TRUC EN ME LE RENDANT, NON ?

OÙ EST CHA JIHYEON ?
ÇA NE TE REGARDE PAS. DÉPÊCHE-TOI DE ME RENDRE SON PORTABLE.
AH... OUI.
TENEZ. À L'INTÉRIEUR, IL Y A...
QU'EST-CE QU'IL Y A À L'INTÉRIEUR ?
IL S'EST VRAIMENT PERMIS D'UTILISER CE PORTABLE COMME LE SIEN...
FWIP FWIP
SI CE N'EST RIEN D'...
!!!
C'EST QUOI CES PHOTOS...?
FWIP
FWIP
COMMENT C'EST POSSIBLE ?!

QU'EST-CE QUE JIHYEON...?!
Le ciel ne m'a pas abandonné. Il m'a envoyé un cadeau. Elle est ma lumière
UN CADEAU ENVOYÉ PAR LE CIEL ? ELLE EST SA LUMIÈRE ?
MAIS QU'EST-CE QUE SA PHOTO FAIT LÀ ?
Fwip Fwip
DES MANUELS ET DES ACCESSOIRES DE MAGIE...
NON... IMPOSSIBLE !
?!
Se fige
EST-CE QUE JIHYEON...

SERAIT LIÉE D'UNE FAÇON OU D'UNE AUTRE À K ?!
QUE S'EST-IL DONC PASSÉ...
Illusioniste
AU COURS DE CE DERNIER MOIS DONT ELLE N'A AUCUN SOUVENIR ?!
Toc Toc
Toc Toc
OH ?
OUI, CHEF ! QUE SE... ?
Ouvre...
JIHYEON, SORS DE LÀ TOUT DE SUITE !
Fwip...
TU M'ENTENDS ?! JE T'AI DIT DE DESCENDRE DE LA VOITURE !
JE M'OCCUPE D'ELLE.
Pschhhh...

UN TOTAL DE 113 VICTIMES EST À DÉPLORER SUITE À L'HYPNOSE DE K.
LE MONDE ENTIER EST SOUS LE CHOC, FRAPPÉ D'ÉPOUVANTE...
Brr
Brr
Brr
Brr
SNIIIF
SNIF
LES PHOTOS DE LA SCÈNE FONT LA UNE DE LA PRESSE ÉTRANGÈRE...
NOUS ALLONS REJOINDRE NOTRE ENVOYÉ SPÉ...
QUAND EST-CE QUE ÇA A DÉRAPÉ ?
SI SEULEMENT JE T'AVAIS ÉCOUTÉE... À CE MOMENT-LÀ...
JIHYEON...
TROIS MOIS AUPARAVANT.
DITES, DÉPÊCHEZ-VOUS DE RENTRER !
HÉ, NE POUSSEZ PAS !
QU'EST-CE QUE TU REGARDES ?!
VRRR
DIRE QUE JIHYEON A DÉCIDÉ DE PRENDRE DES VACANCES ALORS QU'ON EST AUSSI OCCUPÉS...
VRRR
EH BEN ! QUAND ON PARLE DU LOUP...
JIHYEON LA FRIPOUILLE
APPEL
Vrrr
Vrrr
Vrrr...
MESSAGE

HÉ, TU ES OÙ ? POURQUOI TU ÉTAIS INJOIGNABLE ?!
Tac
DONGCHEOL !
?
QUOI ? QU'EST-CE QU'IL Y A ?
TU N'AS PAS ENCORE FAIT UNE BÊTISE, HEIN ?
Pouf
PAR PITIÉ, ARRÊTE DE CRÉER DES PROBLÈMES !
IL VAUT MIEUX VIVRE LONGTEMPS ET TRAN-QUILLEMENT.
MAIS TOI, TU NE VAS PAS FAIRE DE VIEUX OS, JIHYEON !
Tac
DIS... TU AS DÉJÀ ENTENDU PARLER DE SHOWMAN ?
SHOW...MAN ?
C'EST LE NOM D'UN GROUPE DE MAGICIENS.
ILS DIRIGENT UNE SORTE DE CLUB DANS LEQUEL NE PEUVENT ENTRER QUE DES PERSONNES CONNUES COMME LES GRANDS CHEFS D'EN-TREPRISE OU LES POLI-TICIENS. ILS FONT DES SPECTACLES ASSEZ EXTRÊMES ET SE DROGUENT... À CE QU'ON DIT, ILS TUENT AUSSI DES GENS...
HÉ ! QU'EST-CE QUE TU RACONTES ?
JE CROIS QUE J'AI TROUVÉ QUELQUE CHOSE SUR EUX.
J'AI TOUCHÉ LE JACKPOT, DONGCHEOL !
HÉ, JIHYEON...

JE VAIS CONTINUER D'ENQUÊTER SUR EUX...
ET TOI, ESSAIE D'ALLER VOIR LE POLICIER QUI A TRAVAILLÉ LÀ-DESSUS IL Y A TROIS ANS, SEO GYEONGSU.
GYEONGSU ? SEO GYEONGSU ?!
MERCI, DONGCHEOL !
Tût
HÉ... HÉ ! NE TENTE RIEN DE DANGEREUX !!!
GYEONGSU A ENQUÊTÉ SUR EUX, MAIS IL A LAISSÉ TOMBER ?
C'EST QUOI, CE GROUPE...?
AU MOINS ÇA ME PERMETTRA DE REVOIR UN VIEIL AMI.

J'AI ENTENDU DIRE QU'IL ÉTAIT MARIÉ, MAINTE-NANT.
MAIS POURQUOI EST-CE QU'IL A ARRÊTÉ DE TRAVAILLER AUSSI SUBITEMENT ?

ÇA DEVRAIT ÊTRE PAR ICI...
Fwip
Fwip

RUE XX
DE XX 32
QUARTIER 00
RUE 00
32
Ding
Dong
Appuie
Ding
Dong
Ding
Dong
IL Y A
QUELQU'UN ?
Tap...

QUI EST-CE ?
?
BONJOUR, JE SUIS DONGCHEOL UN AMI DE GYEONGSU.
DONG... CHEOL ?
AH, VOUS ÊTES SA FEMME, HEEJEONG ?
VOUS POUVEZ M'OUVRIR, S'IL VOUS PLAÎT ?
Tac
Clang
Criii
ENTREZ !
ÇA FAIT LONGTEMPS ! VOUS ALLEZ BIEN ?
V... VOUS... ?

CHAPITRE 34 - Dongcheol (partie 2)
Hé hé
CONTENTE DE VOUS REVOIR, DONGCHEOL.
HÉ HÉ, GYEONGSU VA BIENTÔT RENTRER.
ATTENDEZ, JE VAIS L'APPELER.
ARGH ! C'EST QUOI CETTE ODEUR ?
IL Y A DES SACS-POUBELLE DE PARTOUT... C'EST QUOI CE BAZAR ?
Fwip
Hé Hé
Hé Hé
ÇA DOIT FAIRE AU MOINS PLUSIEURS MOIS QUE ÇA S'ENTASSE.
OUH... ÇA PUE...
ELLE A VRAIMENT L'AIR BIZARRE...

GYEONGSU, DONGCHEOL EST VENU TE VOIR. ÇA FAISAIT LONG-TEMPS, HEIN ?
GYEONGSU...
Tac...
C'EST GYEONGSU ? VOUS POUVEZ ME LE PASSER ?
OUI.
D'ACCORD, GYEONGSU.
IL A DÉCROCHÉ ? J'AI ESSAYÉ PLUSIEURS FOIS DE L'APPELER MAIS IL NE M'A PAS RÉPONDU.
JE VOULAIS JUSTE LUI DEMAN-DER...
Tac...
OUI, JE T'ÉCOUTE TOUT LE TEMPS. HÉ HÉ !
HEEJEONG, ÉCOUTE-MOI BIEN, CE QUE J'AI À TE DIRE EST IMPORTANT.
EH BIEN, IL EST TOUJOURS AUSSI SÉRIEUX ALORS QUE VOUS VOUS VOYEZ TOUS LES JOURS ?
ON DIRAIT UN COUPLE DE JEUNES MARIÉS ! JE VOUS ENVIE, HEEJEONG !
CHÉRIE, QUOI QU'IL PUISSE M'ARRIVER...
?
PERSONNE NE DOIT LE SAVOIR !

HÉ, C'EST DONGCHEOL ! TU ES OÙ ?
Tac
QU'EST-CE QUI T'ARRIVE POUR QUE TU DISES CE GENRE DE CHOSES À TA FEMME ?
CHÉRIE, JE SUIS DÉSOLÉ. J'AI DÉCOUVERT QUELQUE CHOSE QUE JE N'AURAIS PAS DÛ DÉCOUVRIR. J'AI VU QUELQUE CHOSE QUE JE N'AURAIS PAS DÛ VOIR.
DE QUOI IL PARLE ?
POUR TON BIEN, CELUI DE MA MÈRE… ET DE NOS ENFANTS QUI SONT AUX PHILIPPINES… FAIS CE QUE JE TE DIS.
Fwip
MAIS POURQUOI EST-CE QU'IL… ?
2:03
95%
ENREGISTREMENT
C'EST UN ENREGISTREMENT… ?!
00:00
00:01
00:02
00:03
SI JAMAIS IL M'ARRIVE QUELQUE CHOSE, NE LE DIS À PERSONNE…
00:02.56
ENREGISTREMENT

HEIN ? JE PENSAIS QUE C'ÉTAIT UN APPEL... QU'EST-CE QUE...?
SI QUELQU'UN VIENT TE VOIR POUR TE DEMANDER OÙ JE SUIS, RÉPONDS-LUI QUE TU NE SAIS PAS.
J'ENQUÊTE SUR SHOWMAN... MAIS IL Y A QUELQUE CHOSE DE LOUCHE...
DES GENS COMME NOUS PEUVENT DIFFICILEMENT S'IMAGINER QU'IL EXISTE DES PERSONNES AUSSI PUISSANTES.
TOUS CEUX QUI ONT CHERCHÉ À OBTENIR DES INFORMATIONS SUR CE GROUPE ONT DISPARU. IL Y A DE GRANDES CHANCES QU'ILS AIENT ÉTÉ ASSASSINÉS.
HEEJEONG, JE SUIS VRAIMENT DÉSOLÉ.
CE N'EST RIEN. PAS LA PEINE T'EXCUSER AUTANT...
PARDON... JE T'AIME.
???
Tût
QU'EST-CE QU'IL A DIT ? IL VA REVENIR ?
ELLE A COMPLÈTEMENT DÉRAILLÉ ?
ELLE A FAIT COMME SI ELLE L'APPELAIT, MAIS ELLE A JUSTE OUVERT UN ENREGISTRE-MENT...
OUI... EUH... IL VA BIENTÔT REVENIR.
AH, TRÈS BIEN. ON VA L'ATTENDRE !

IL LUI EST CLAIREMENT ARRIVÉ QUELQUE CHOSE ALORS QU'IL ENQUÊTAIT SUR CE GROUPE.
ET SA FEMME A ÉTÉ TELLEMENT TRAUMATISÉE QU'ELLE EN A PERDU LES PÉDALES.
MAIS OÙ PEUT-IL BIEN ÊTRE ?
IL EST EN DANGER, COMME IL LE DIT DANS SON MESSAGE ?
EXCUSEZ-MOI... MONSIEUR !
Fwip...
OUI ?
C'EST À MOI QUE TU PARLES ?
OUI ! ATTENDEZ !

UN AUTRE MONSIEUR M'A DEMANDÉ DE VOUS DONNER ÇA.
Fouille Fouille
Tac
TENEZ...
IL Y A QUELQU'UN QUE JE CONNAIS DANS CE COIN ?
Fwip
!!!
UNE PHOTO DE MA FAMILLE ?!
QUI...

Ta ta tap...
UNE POLICE AU SERVICE DES CITOYENS
QUI M'A FAIT PARVENIR CETTE PHOTO ? POURQUOI ?!
CHÉRIE, QUOI QU'IL PUISSE M'ARRIVER...
PERSONNE NE DOIT LE SAVOIR !
CHÉRIE, JE SUIS DÉSOLÉ. J'AI DÉCOUVERT QUELQUE CHOSE QUE JE N'AURAIS PAS DÛ DÉCOUVRIR. J'AI VU QUELQUE CHOSE QUE JE N'AURAIS PAS DÛ VOIR.
IL Y A DES CHOSES QUE LES GENS COMME NOUS NE DEVRAIENT JAMAIS DÉCOUVRIR.
GYEONGSU A DISPARU.
TU NE VAS SANS DOUTE PAR COMPRENDRE CE QUE J'ESSAYE DE TE DIRE... MAIS POUR TON BIEN, CELUI DE MA MÈRE...
ET DE NOS ENFANTS QUI SONT AUX PHILIPPINES... FAIS CE QUE JE TE DIS.
ET CE N'EST PAS LE SEUL. PARK GITAE, UN REPORTER DU JOURNAL DONGSEONG QUI CHERCHAIT À SE RENSEIGNER SUR SHOWMAN EST ACTUEL-LEMENT INTROUVA-BLE.
HEEJEONG LUI A OBÉI POUR PROTÉGER SES ENFANTS...

LA PHOTO DES TRIPLETS... C'ÉTAIT POUR M'AVERTIR DE NE PAS CHERCHER À EN SAVOIR PLUS.
Argh...
IL Y A DES RUMEURS COMME QUOI CE GROUPE SERAIT PROTÉGÉ PAR UNE ORGANISATION SECRÈTE COMME LES FRANCS-MAÇONS OU LES ILLUMINATI.
SI C'EST VRAI...
UN SIMPLE POLICIER NE PEUT RIEN FAIRE FACE À ÇA.
C'EST TROP DANGEREUX !!!
ILS NE CONNAISSENT AUCUNE LIMITE.
RIEN NE POURRA SAUVER MA FAMILLE.
DONGCHEOL !
Clac

DEVINE D'OÙ JE VIENS ! TU NE VAS JAMAIS TROUVER !
J'AI OBTENU DES INFOS DE DINGUE !
SHOWMAN EXISTE POUR DE VRAI !
Serre
J'AI EU LA CHANCE DE METTRE LA MAIN SUR...
Tap
LAISSE TOMBER !
HEIN ?
OUBLIE CETTE ORGANISATION OU JE NE SAIS QUOI !
HÉ... TU NE ME CROIS PAS ?
JE M'EN DOUTAIS. C'EST POUR ÇA QUE J'AI APPORTÉ DES PREUVES.

HÉ, JIHYEON ! JE CROYAIS QUE TU ÉTAIS EN VACANCES !
AAH...
Fwip
TU DEVRAIS DÛ TE REPOSER ! QU'EST-CE QUE TU FABRIQUES À FOUINER PARTOUT ?
...
DONGCHEOL ?
Penche

QU'EST-CE QUI TE PREND ? JE T'AI DIT QUE J'AVAIS DES PREUVES !
CE GROUPE EST RÉEL. ILS SONT IMPLIQUÉS DANS TOUTES SORTES D'AFFAIRES.
CES MAGICIENS RASSEMBLENT DES POLITICIENS ET DES PERSONNES CONNUES DE TOUTES LES NATIONALITÉS ET ILS ORGANISENT DES SPECTACLES AVEC DE LA DROGUE ET DE LA PROSTITUTION. PARFOIS ILS METTENT MÊME EN SCÈNE DES MEURTRES !
ÇA SE PASSE AUSSI EN CORÉE DU SUD ! ET TU SAIS CE QU'IL SE CACHE DERRIÈRE EUX ? TU NE POURRAS JAMAIS DEVI...
C'EST POUR ÇA QUE JE TE DEMANDE D'OUBLIER TOUT ÇA !
SI C'EST VRAI, ARRÊTE D'ENQUÊTER SUR EUX ! QU'EST-CE QUE TU POURRAS FAIRE TOUTE SEULE ?!!
DONC... TU ME DEMANDES DE FERMER LES YEUX LÀ-DESSUS ?
JE...

REFUSE DE FAIRE ÇA.
Serre
LES MEMBRES DE CE GROUPE...
JUSTE PARCE QU'ILS ONT DU POUVOIR ET DE L'ARGENT...
ILS PRENNENT LES AUTRES POUR DES IMBÉCILES ET SE PERMETTENT DE DÉFIER LA LOI... JE NE PEUX PAS LES LAISSER FAIRE !
JE VAIS TOUS LES ATTRAPER ET LES FOUTRE EN TAULE !!!
Clac
IL VA FALLOIR QUE JE TE LE DISE COMBIEN DE FOIS POUR QUE TU COMPRENNES ?!

PUTAIN...
JE T'AI DIT D'ARRÊTER D'ENQUÊTER ! JIHYEON ! TU NE COMPRENDS PAS QU'ILS POURRAIENT TE TUER ?!
DANS CE CAS, TU N'AS QU'À TE DIRE QUE JE SUIS DÉJÀ MORTE !!!
ARRÊTE DE DIRE N'IMPORTE QUOI !!!

AH, LAISSE TOMBER... PRENDS ÇA !
Tac
?
QU'EST-CE QUE C'EST QUE ÇA ?
ÇA SE VOIT PAS ? UNE CLÉ USB !
JE LE VOIS BIEN, MERCI ! MAIS QU'EST-CE QUE TU VEUX QUE JE FASSE AVEC ÇA ?!
OÙ EST PASSÉ LE DONGCHEOL QUE JE CONNAIS-SAIS ?
Clic

OÙ EST PASSÉ...
HEIN ?
LE DONGCHEOL QUI A DONNÉ UNE BONNE LEÇON AU FILS DU MAIRE TOUT EN M'ÉVITANT L'EXCLUSION LORSQUE J'ÉTAIS AU LYCÉE ?
...
SI SEULEMENT JE T'AVAIS ÉCOUTÉE... À CE MOMENT-LÀ...
Snif
Brr
Brr
Sniiif

JIHYEON...
Vrouum
Pschhhh...
JOUR J
14 JOURS 00 HEURES
MOTEL
P schh...
C'EST...?
LÀ OÙ ON ÉTAIT EN PLANQUE, OUI.

MAIS QU'EST-CE QU'ON FAIT ICI ?
Tac
REGARDE ÇA.
Tend...
TU VAS RESTER PLANTÉE LÀ ENCORE LONG-TEMPS ?
C'EST MON PORTABLE ! COMMENT TU...?
SEO JINWOO ME L'A RENDU.

JE VOUS EMPRUNTE VOTRE TÉLÉPHONE. SI VOUS CHERCHEZ À ME JOINDRE, APPELEZ CE NUMÉRO.
AH, C'EST VRAI, IL ME L'AVAIT PRIS...

JE NE SAIS PAS OÙ IL EST ALLÉ, MAIS IL A PRIS DES PHOTOS AVEC.
JETTES-Y UN ŒIL.
DES PHOTOS ?
Fwip Fwip...
!!!
INCONTRÔLABLE !!!
C'EST QUOI, CES PHOTOS ...?!
ET COMMENT...?!
QU'EST-CE QUE CETTE PHOTO DE MOI FAIT LÀ ?
Brr Brr
DONGCHEOL, QU'EST-CE QUI SE PASSE ? POURQUOI EST-CE QUE JE...?
LE MOIS OÙ TU AS DISPARU...

TU ÉTAIS SANS DOUTE... AVEC K.
Pschhh...
"JE SUIS EN TRAIN DE ME TRANSFORMER EN MONSTRE. EN MONSTRE INCONTRÔLABLE"...
QU'EST-CE QUE ÇA PEUT BIEN VOULOIR DIRE ?
IL A UNE DOUBLE PERSONNA-LITÉ...?
C'EST CE QUE J'AI PENSÉ AU DÉBUT. MAIS...
REGARDE LA SUITE.
Fwip...

LA PAGE PRÉCÉDENTE DONNE L'IMPRESSION QU'IL A DÉCOUVERT UNE FACETTE DE LUI QU'IL REFUSE D'ACCEPTER ET QU'IL TROUVE MONS-TRUEUSE.
Ma magie
Se nourrit de sang
dévore des vies
J'ai ouvert
les yeux !
MES YEUX DE MONSTRE !!
MAIS LÀ, IL A FINI PAR ADMETTRE QU'ELLE FAISAIT PARTIE DE LUI.
JE PENSE QU'IL A DÛ SE PASSER QUELQUE-CHOSE QUI LUI A OUVERT LES YEUX.
PEUT-ÊTRE QUE NOUS AVONS AFFAIRE À UN PSYCHOPATHE.
JE SUIS D'ACCORD. ÇA COLLE AVEC TOUT CE QU'IL A FAIT.

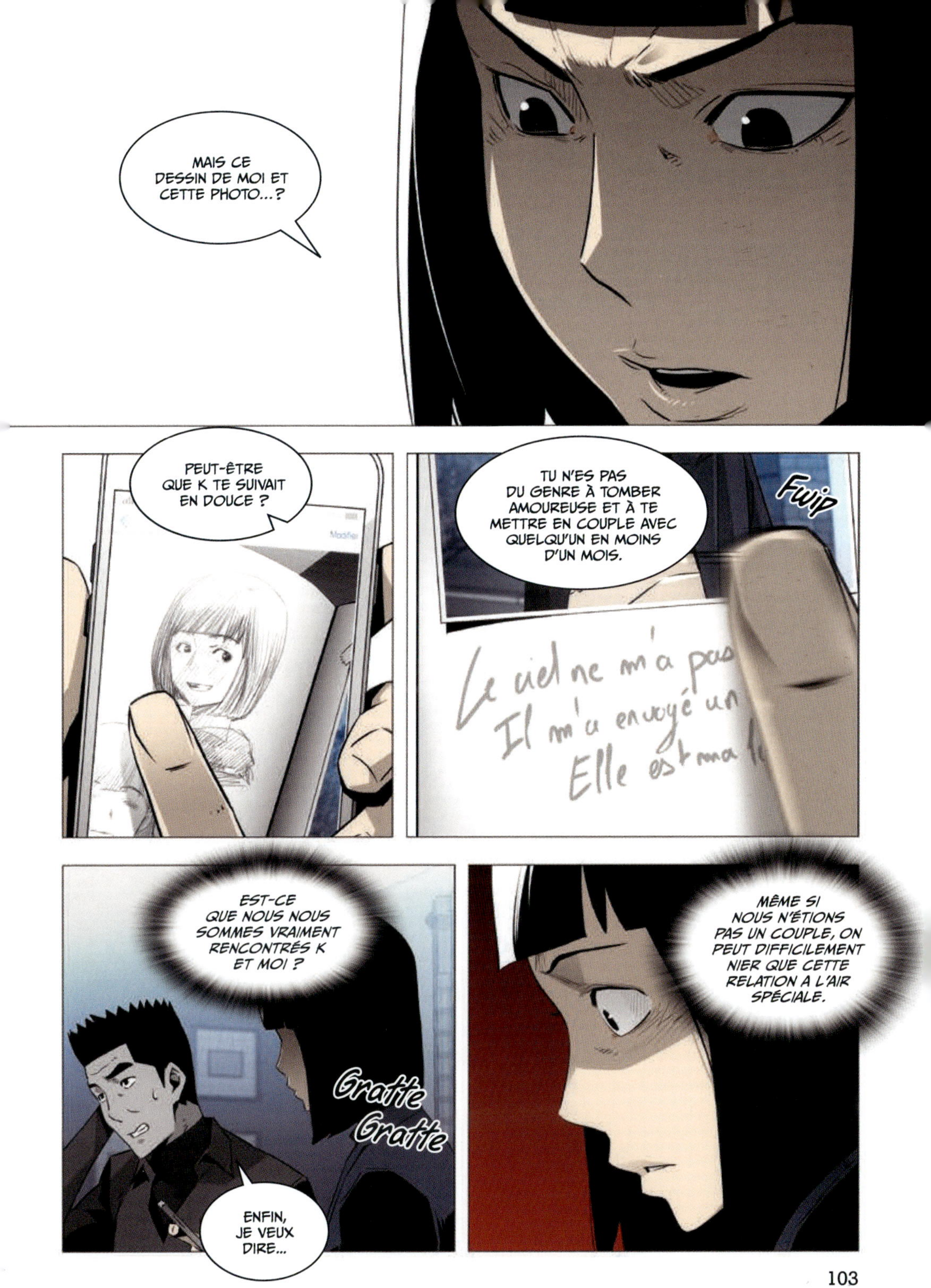
MAIS CE DESSIN DE MOI ET CETTE PHOTO...?
PEUT-ÊTRE QUE K TE SUIVAIT EN DOUCE ?
TU N'ES PAS DU GENRE À TOMBER AMOUREUSE ET À TE METTRE EN COUPLE AVEC QUELQU'UN EN MOINS D'UN MOIS.
Fwip
Le ciel ne m'a pas
Il m'a envoyé un
Elle est ma
EST-CE QUE NOUS NOUS SOMMES VRAIMENT RENCONTRÉS K ET MOI ?
Gratte Gratte
ENFIN, JE VEUX DIRE...
MÊME SI NOUS N'ÉTIONS PAS UN COUPLE, ON PEUT DIFFICILEMENT NIER QUE CETTE RELATION A L'AIR SPÉCIALE.

CE N'EST PAS QUE TU MANQUES DE CHARME OU QUE TU ES INCAPABLE DE SÉDUIRE QUELQU'UN...
Ahem...
MA PERTE DE MÉMOIRE...
?
ET SI CE N'ÉTAIT PAS UN ACCIDENT QUI L'AVAIT PROVOQUÉE...
Fwip...
MAIS UNE HYPNOSE ?
K ET MOI SOMMES INDÉNIABLEMENT LIÉS.
Tac
CES MOTS SUGGÈRENT QUE MA PRÉSENCE L'AIDAIT À CONTENIR SA FOLIE.
MAIS... POURQUOI AURAIT-IL EFFACÉ TA MÉMOIRE ?

J'AI DÉCOUVERT QUELQUE CHOSE QU'IL VOULAIT GARDER SECRET ?
SA VÉRITABLE IDENTITÉ ? SON PROJET ? OU ALORS TOUS LES CRIMES QU'IL A COMMIS...
QUELQUE CHOSE COMME ÇA.
MAIS EST-CE QU'IL NE SE SERAIT PAS DÉBARRASSÉ DE TOI DANS CE CAS ?
C'EST LA MÉTHODE LA PLUS EFFICACE... APRÈS TOUT, UN SOUVENIR PEUT TOUJOURS REMONTER...
IL NE M'A PAS TUÉE, MAIS A SEULEMENT EFFACÉ MA MÉMOIRE... JE DEVAIS VRAIMENT COMPTER POUR LUI.
MAIS IMPOSSIBLE D'EN ÊTRE CERTAINE...
JE NE VOIS PAS CE QU'IL AURAIT PU EFFACER DE MA MÉMOIRE.
ÇA...

UNE CLÉ USB ?
LA RAISON POUR LAQUELLE IL AURAIT EFFACÉ TES SOUVENIRS...
EST PEUT-ÊTRE LIÉE À LA CLÉ USB QUE TU M'AS DONNÉE AVANT DE PERDRE LA MÉMOIRE.
C'EST MOI QUI TE L'AI DONNÉE ?
OUI, TU M'AS DIT QUE TU AVAIS TROUVÉ DES INDICES SUR SHOWMAN ET QUE TU VOULAIS TOUS LES ATTRAPER.
CE SONT LES PREUVES QUE TU M'AS APPORTÉES.
NOUS N'AVONS ENCORE AUCUNE INFORMATION EXACTE SUR EUX...
MAIS CE SERAIT UN GROUPE FORMÉ DE MAGICIENS QUI PRODUISENT DES SPECTACLES EXCLUSIVEMENT RÉSERVÉS AUX VIP PARMI DES PERSONNES CONNUES DU MONDE ENTIER, POLITICIENS, CHEFS D'ENTREPRISE OU AUTRES...
SHOWMAN ? QU'EST-CE QUE ÇA VEUT DIRE...?
OU ALORS, C'EST LE NOM DE CES SPECTACLES.

LE PROBLÈME, C'EST QU'ILS ONT UN SOUTIEN.
SÛREMENT UNE ORGANISATION SECRÈTE QUI DIRIGE LE MONDE, COMME LES ILLUMINATI OU LES FRANCS-MAÇONS.
DES POLICIERS ET DES JOURNALISTES ONT DÉJÀ FLAIRÉ UNE PISTE ET TENTÉ DE TROUVER DES INFORMATIONS SUR EUX...
MAIS TOUTES LES PERSONNES ENQUÊTANT SUR EUX ONT DISPARU OU SONT MORTES DE MANIÈRE SUSPECTE.
ET LEUR FAMILLE AVEC...
C'EST POUR ÇA... QUE J'AI VOULU FERMER LES YEUX LÀ-DESSUS. J'AI ESSAYÉ DE T'ARRÊTER ET JE T'AI DIT DES CHOSES HORRIBLES.
DONGCHEOL...
J'AVAIS PEUR...
JIHYEON...
SI JE N'AVAIS PAS DÉCIDÉ DE REGARDER AILLEURS... EST-CE QUE LES CHOSES SE SERAIENT PASSÉES DIFFÉREMMENT ?
TU N'AURAIS PAS PERDU LA MÉMOIRE. ET NOUS AURIONS PEUT-ÊTRE MÊME RÉUSSI À ATTRAPER K.
ET TOUTE CETTE HISTOIRE NE SERAIT JAMAIS ARRIVÉE...

...
Zieute
AH, PEU IMPORTE ! ÇA NE SERT À RIEN DE RESSASSER LE PASSÉ !
Fwip
MAINTENANT, ÇA NE CHANGE PLUS RIEN QUE CE SOIT DANGEREUX OU NON !
DE TOUTE FAÇON, LA MENACE EST LÀ.
TES TRIPLÉS...
Serre
ET D'AUTRES INNOCENTS SONT À LA MERCI DE K.
IL NOUS SUFFIT DE LEVER SON HYPNOSE...
ET DE LE FAIRE PAYER POUR SES CRIMES, TU NE CROIS PAS ?!

Pschh
Tac...
Pschhh...
Fwip
ICI CHARLIE ! NOUS AVONS LOCALISÉ LA CIBLE. NOUS SOMMES SUR LES LIEUX.
Crii
Tac
VOUS ÊTES SÛRS QUE C'EST LUI ?

OUI, CERTAINS.
COMMENT VOULEZ-VOUS QUE NOUS PROCÉDIONS ?
Pschhh
hh...
FAITES COMME BON VOUS SEMBLE MAIS RAMENEZ-LE EN VIE !
OUI !
PAR ICI !
Ta ta tap
Tap...
Tchac

Tap
Tap
Tap
Tap
Tap
Tap
Ssh...
Tap
Tap
Se fige
Gloups

JOUR J

13 JOURS 23 HEURES

?!
Clang
HÉ ! TOUT VA BIEN ?
Ta ta ta tap
?
C'ÉTAIT QUOI, CE BRUIT ? TU AS VU SEO JINWOO ?
ARGH !!!
PAN
AAH... QU'EST-CE QUI T'A PRIS ? T'ES FOU ?!
Tap
Tap

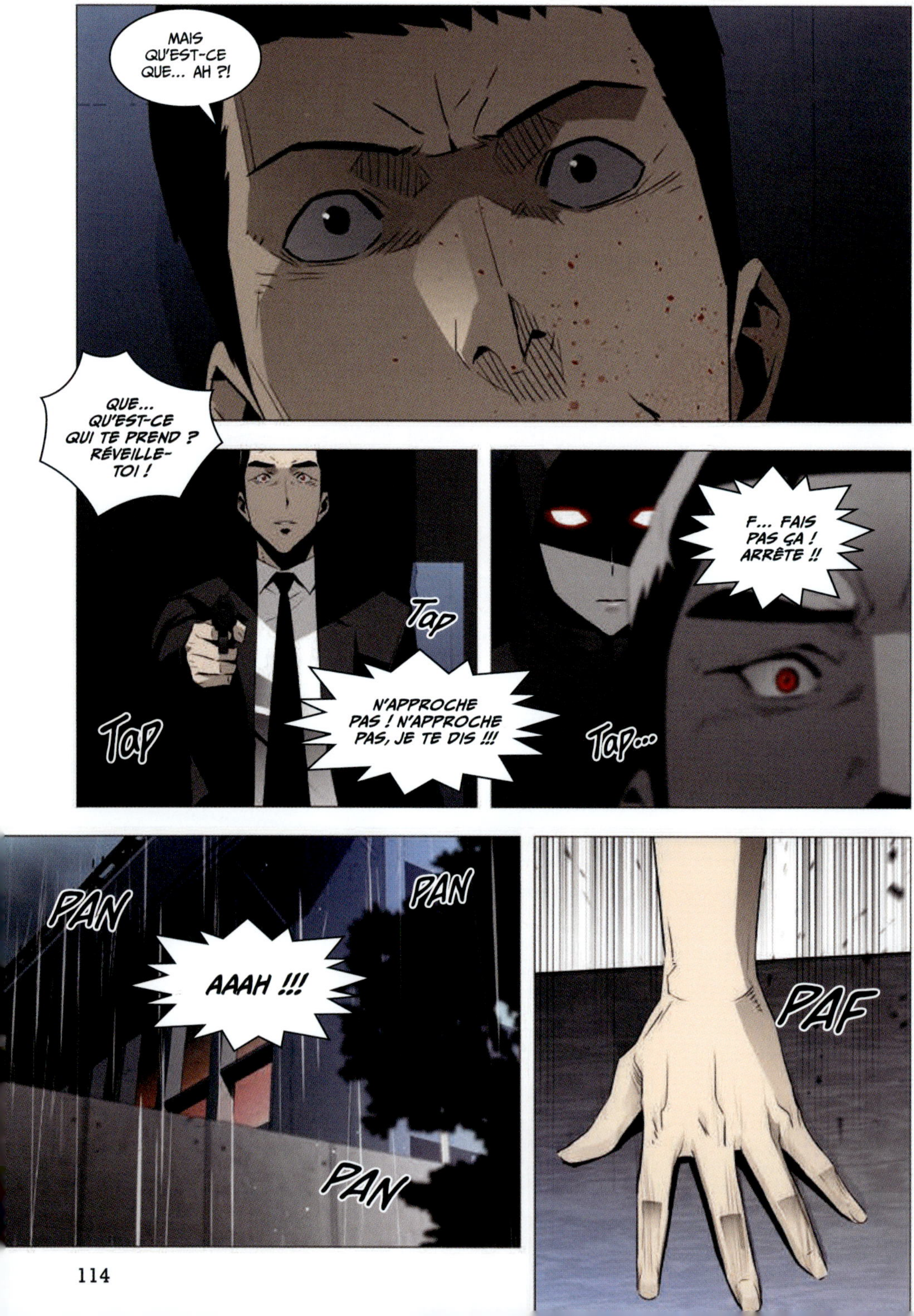
MAIS QU'EST-CE QUE… AH ?!
QUE… QU'EST-CE QUI TE PREND ? RÉVEILLE-TOI !
Tap
Tap
N'APPROCHE PAS ! N'APPROCHE PAS, JE TE DIS !!!
F… FAIS PAS ÇA ! ARRÊTE !!
Tap…
PAN
PAN
AAAH !!!
PAN
PAF

RAH ! POURQUOI ON NE VOIT QUE LA MARQUE DE SHOWMAN ?!
IL N'Y AVAIT QUE ÇA SUR CETTE CLÉ.
EN TOUT CAS, RIEN D'INTÉRESSANT.
NON... IMPOSSIBLE. ÇA N'A AUCUN SENS ! IL DOIT FORCÉMENT Y AVOIR AUTRE CHOSE !
ET SI CE N'ÉTAIT PAS AUSSI SIMPLE ?
Tac
SI LES FICHIERS ÉTAIENT CACHÉS ? OU QU'IL FALLAIT UNE ADRESSE IP SPÉCIALE POUR ACCÉ-DER AU CONTENU ?
J'AI TOUT ESSAYÉ. J'AI UTILISÉ TON ORDI PERSO POUR L'OUVRIR...
J'AI DEMANDÉ À DES SPÉCIALISTES, MAIS RIEN À FAIRE. C'EST VIDE.

SI JE T'AI DONNÉ CETTE CLÉ EN TE DISANT QU'ELLE CONTENAIT DES PREUVES QUI POURRAIENT FAIRE TOMBER SHOWMAN ET LES TYPES HAUT-PLACÉS QUI ASSISTENT À LEURS SPECTACLES...
C'EST QU'IL Y A QUELQUE CHOSE À L'INTÉRIEUR. IL DOIT Y AVOIR UNE SÉCURITÉ OU...
Vrrr
LES TRIPLÉS
APPEL
REGARDER PLUS TARD
MESSAGES
REFUSER
ACCEPTER
Brrr...
ALORS LES PETITS ? PAPA VOUS MANQUE ? C'EST POUR ÇA QUE VOUS L'APPELEZ ?
Hoche Hoche
C'EST LES TRIPLÉS !
OUI, OUI, JE RENTRE BIENTÔT. QUOI ? QUOOOI ? HA HA HA ! VOUS AVEZ FAIT LE MÉNAGE ?
Fwip...
OUAH ! INCROYABLE ! VOUS ÊTES DES ADULTES, MAINTENANT !
JE VOUS ACHÈTE QUELQUE CHOSE SUR LE CHEMIN DU RETOUR ?
DU POULET ?
DE LA PIZZA ?
DES GLACES ?

AH, VOUS VOULEZ QUE JE RENTRE VITE ? D'ACCORD, ÇA MARCHE. JE ME DÉPÊCHE ! À TOUT À L'HEURE ! OUI !
...
Tût
DONGCHEOL, NE T'INQUIÈTE PAS.
Fwip
HEIN ?
JE FERAI EN SORTE QU'ILS NE MEURENT PAS.
QU'EST-CE QUE TU RACONTES ?
JE NE LES LAISSERAI PAS MOURIR À CAUSE DE CETTE SALETÉ D'HYPNOSE !

PERSONNE NE MOURRA ! JE LE JURE !
Woush
PLUS PERSONNE D'AUTRE...
HÉ, JIHYEON !
C'EST QUAND LA DERNIÈRE FOIS QUE TU AS MANGÉ ?
ET LA DERNIÈRE FOIS QUE TU AS DORMI ?
POURQUOI TU ME DEMANDES ÇA ?
Tac
QU... QUOI ? QU'EST-CE QUE TU FAIS ?
Caresse
JIHYEON, TU AS BEAU JOUER LES ADULTES... À MES YEUX, TU SERAS TOUJOURS MA PETITE SŒUR.

NE TE FAIS PAS DE SOUCI POUR MOI ET PRENDS LE TEMPS DE DORMIR.
Caresse
Caresse
JE TE RAPPORTERAI À MANGER ET DES VÊTEMENTS PROPRES.
Fwip
IL FAUT BIEN MANGER ET BIEN DORMIR POUR POUVOIR RÉUSSIR À ATTRAPER DES CRIMINELS !
TSS ! ARRÊTE DE TE LA JOUER...
Lève
JE REVIENS BIENTÔT. DORS !
OU.. OUI.
Clac

PSCHHHHHH...
MOTE
BAIN
MOT

Whouuu...
Mmh...
Pschhhhh...
JAHYEWON
Eurgh
Mmh
Mmh
Ngh
Urgh

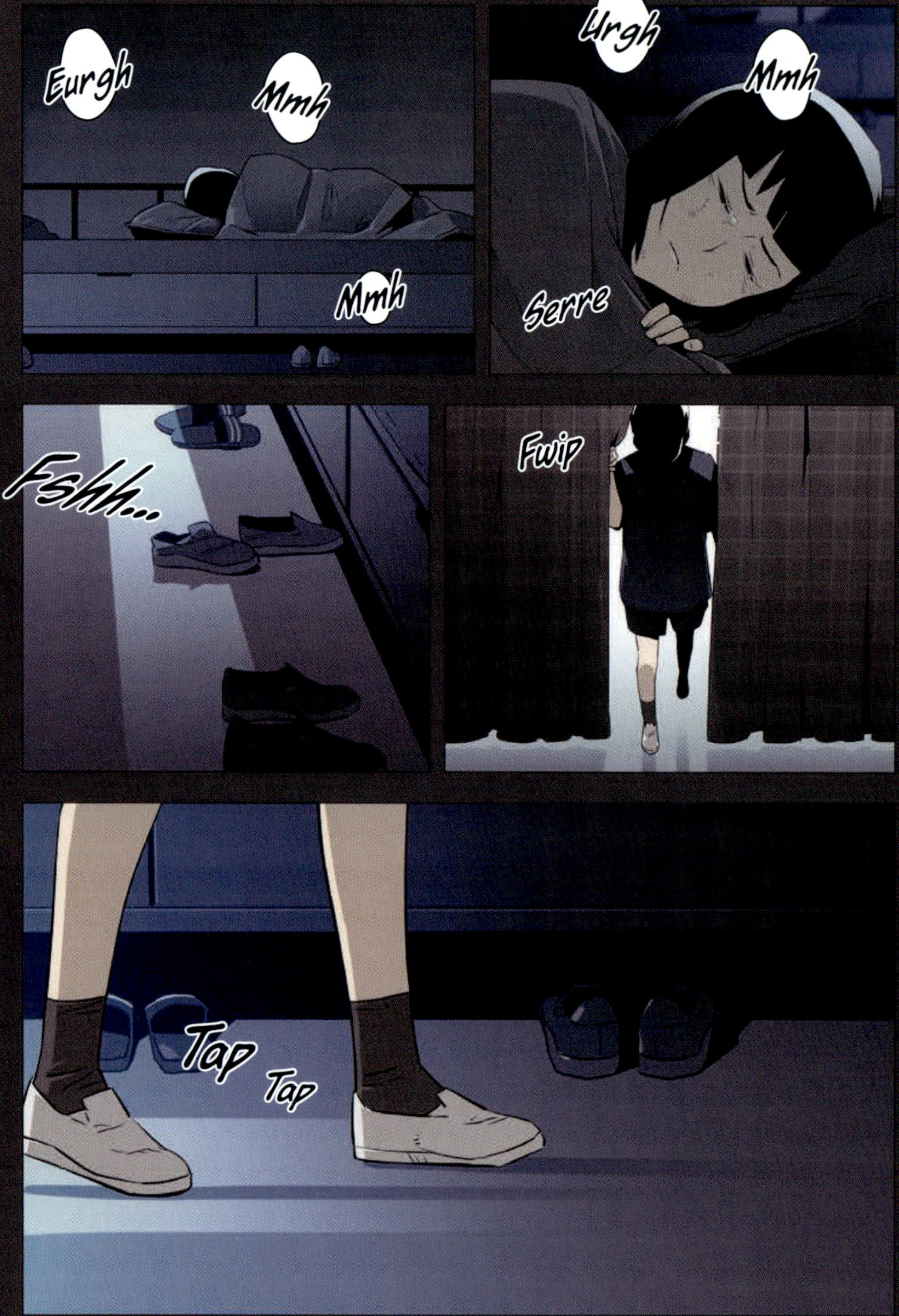
Eurgh
Mmh
Mmh
Urgh
Mmh
Serre
Fshh...
Fwip
Tap
Tap

Ngh
Tap
Mmh
JIHYEON...
JIHYEON !
Secoue
Secoue
SI ON SORT MAINTENANT, ON PEUT S'ENFUIR.
TU NE VEUX PAS VENIR ?
Fwip...
H... HEIN ?
ENFUIS-TOI AVEC MOI !

DÉPÊCHE-TOI DE TE LEVER, JIHYEON.
QU... QUOI ?
QUI...?
C'EST MOI !
JINWOO !
SEO. JIN. WOO.
Fronce

Ouvre
!!!
Tchak
AAAAAH !!!
Splash
D'A... D'ACCORD.
AAAH... PUTAIN ! TU M'AS POIGNARDÉ ?! TU CROIS QUE TU VAS POUVOIR T'EN SORTIR COMME ÇA ?!
REPRENDS-TOI, JIHYEON. IL FAUT QU'ON SE DÉPÊCHE DE SORTIR !
JE VAIS TE TUER !!!

OÙ TU VAS ?! AIDE-MOI À ME RELE-VER !!!
À CAUSE DE TOI, JE NE VAIS PAS Y ARRIVER TOUT SEUL.
COMMENT OSES-TU DÉSOBÉIR À LA VOLONTÉ DE DIEU TOUT-PUISSANT ?!
Criiiiic
AAAAARGH !!! LE... LE FEU...!!!
À L'AIDE !!! AU SECOURS !!!
Sourit
NE... NE PARS PAS !!!
Clac
AAAAAH !!!
TIENS, PRENDS...
Tend

DE... DE LA BRIOCHE À LA CRÈME ?
JE L'AI VOLÉE POUR TOI !
DÉPÊCHE-TOI DE MANGER, JIHYEON ! HÉ HÉ !
OUI, C'EST ÇA !!! CE GARÇON, C'EST SEO JINWOO !
JOUR J
13 JOURS 21 HEURES

Pschhh...
Haaa...
...
Fwip
LA PREMIÈRE FOIS, JE M'ÉTAIS DIT QUE C'ÉTAIT PEUT-ÊTRE UN COUP DE CHANCE...
Serre
MAIS J'ARRIVE BIEN À HYPNOTI-SER LES GENS, PEU IMPORTE LA SITUATION.
QUEL GENRE...
Psch
hhh...
DE PERSONNE J'ÉTAIS ?
Plic
Plic
Plic...
QUI... SUIS-JE ?

K !
Sssh...
Pourquoi je fais ça ?
Retrouve-moi !
Si tu veux le savoir...
Plic
Plic
Plic
Tac

IL FAUT QUE JE RETOURNE DANS L'ATELIER DE K.
IL DOIT SÛREMENT Y AVOIR UNE SORTE D'INDICE LÀ-BAS !
Pschhh...
Whouu...
Whouu
Pschhhh...
Crii
NOUS SOMMES ARRIVÉS.

CHEF, JE VIENS DE RECEVOIR UN APPEL DES AGENTS QUI SONT À LA POURSUITE DE SEO JINWOO.
VOUS DEVRIEZ LEUR PARLER.
OUI, C'EST MOI. QUE SE PASSE-T-IL ?
EH BIEN... NOS AGENTS SE SONT FAIT AVOIR.
Pschhh...
FAIT AVOIR ? QU'EST-CE QUE ÇA VEUT DIRE ?
JE... JE VEUX DIRE... QU'ILS SE SONT TIRÉS DESSUS. L'UN A ÉTÉ BLESSÉ. IL EST EN ROUTE POUR L'HÔPITAL. MAIS LE PLUS ÉTRANGE, C'EST QUE LES DEUX NE SE SOUVIENNENT DE RIEN.
NOUS L'AVONS APERÇU GRÂCE À UNE CAMÉRA INSTALLÉE DANS UN QUARTIER RÉSIDENTIEL, NON LOIN.
QU'EST-CE QUE...? ET SEO JINWOO ? OÙ EST-IL ?
JE REJOINDRAI AUSSI LES AUTRES AGENTS DÈS QUE J'EN AURAI TERMINÉ ICI.
EFFACEZ TOUT CE QUI POURRAIT NOUS POSER DES PROBLÈMES. NOUS NE DEVONS PAS ÊTRE REPÉRÉS.
ET...
Grrr
RAMENEZ-MOI CET ENFOIRÉ DE SEO JINWOO !
ENTENDU !

Pschhhh
Fwip
Plic
Plic
Plic
Plic
Pschhh...
Plic
Plic
Plic
...

CHAPITRE 38 - Le secret de la clé

Fwip
Tac
Clic
ESSAIE UN PEU DE BOUGER POUR VOIR !
Clic
JE TE FICHERAI UNE BALLE EN PLEIN CRÂNE.
CRACHE LE MORCEAU. OÙ EST K ?
Tac...
...
JE VOUS TRANSMETS SON MESSAGE...
IL VEUT SAVOIR QUAND IL LUI SERA POSSIBLE DE RENCONTRER LES ANCIENS DU CERCLE NEUF.

JE T'AI POSÉ UNE QUESTION ! TU COMPTES VRAIMENT M'IGNORER ?!
Tac
EST-CE QUE CE NE SERAIT PAS...
PLUTÔT VOUS QUI M'IGNOREZ ?
IL PENSE POUVOIR ENTRER DANS LE CERCLE NEUF JUSTE PARCE QU'IL A RÉUSSI QUELQUES HYPNOSES ?
VOUS L'AVEZ VU DE VOS PROPRES YEUX. VOUS DEVRIEZ COMPRENDRE.
LA FERME !
DANS UNE DIZAINE DE JOURS, CINQ CENTS MILLIONS DE PERSONNES VONT SE SUICIDER.
K EST LA PERSONNE IDÉALE POUR METTRE EN PLACE LE PLAN DES ANCIENS.

Fwip
TSS ! C'EST ASSOMMANT !
LES ANCIENS VEULENT QUE SHOWMAN LEUR FASSE UN SPECTACLE DE MAGIE DANS CINQ JOURS.
ILS DEMANDENT À CE QUE K S'OCCUPE DU DERNIER NUMÉRO.
ILS LE RENCONTRERONT APRÈS LE SPECTACLE.
C'EST DANS CES MOMENTS-LÀ...
Tac
QUE K ME SURPREND LE PLUS.
VOICI SON INVITATION.
2020.00.00 Vous êtes invité !
Tend...
JE NE SAIS PAS SI C'EST DE LA MAGIE...
MAIS, MÊME SI LES ANCIENS NE LUI AVAIENT ENCORE RIEN DIT, IL SEMBLAIT SAVOIR CE QUI ALLAIT SE PASSER.

LA DATE EST DANS CINQ JOURS.
IL A SEULEMENT CHOISI D'INVITER LES PERSONNES QUE LES ANCIENS ONT SÉLECTIONNÉES.
SON SPECTACLE SE FERA SUR LE BATEAU DE CROISIÈRE DE SHOWMAN.
?!
NOUS VOUS PRIONS DE BIEN VOULOIR Y ASSISTER.
...
2020.00.00 Vous êtes invité !
JE SUIS SÛR QUE CE TYPE EST K.

SI JE N'ARRIVE PAS À TROUVER QUEL EST SON BUT AVANT QU'IL RENCONTRE LES ANCIENS...
JE VAIS DEVOIR ME DÉBARRASSER DE LUI.
Vrrr...
Vrrr...
V.I.P
LE PRÉSIDENT...?
JOUR J
13 JOURS 20 HEURES
Pschhh...
SEO JINWOO
MOI
Whouu...
SONG
K
UNE AUTRE PERSONNE

...
JE CONNAIS SEO JINWOO DEPUIS TOUTE PETITE.
IL A ÉTÉ ADOPTÉ PAR LE MAGICIEN SONG...
Fwip
SONG
SEO JINWOO
MOI
QUI LUI A APPRIS LA MAGIE.
K A EFFACÉ LA MÉMOIRE DE SEO JINWOO... ET LUI A DEMANDÉ DE LE STOPPER.
SONG
SEO JINWOO
K
Tac...
UNE AUTRE PERSONNE
QUANT À MOI...
J'AI PASSÉ UN MOIS AVEC K...
AVANT QU'IL N'EFFACE MA MÉMOIRE.
Fwip
IL Y A DE GRANDES CHANCES QU'ON AIT ÉTÉ TOUS ENSEMBLE DURANT CE MOIS.
SI LA MÉMOIRE DE SEO JINWOO N'AVAIT PAS DÉJÀ ÉTÉ EFFACÉE... ON A DÛ SE RECONNAÎTRE.
MAIS QUI EST K ? ET POURQUOI EST-CE QU'IL FAIT ÇA ?!

SI SEULEMENT J'ARRIVAIS À TROUVER CE QU'IL Y A SUR CETTE CLÉ...
Tac
JE SUIS SÛRE QU'ON Y VERRAIT PLUS CLAIR...
J'AI RÉESSAYÉ PLUSIEURS FOIS DEPUIS QUE DONGCHEOL EST PARTI..
MAIS JE N'AI RIEN VU D'AUTRE QUE CETTE MAR-QUE.
QU'EST-CE QU'IL POURRAIT Y AVOIR LÀ-DESSUS ?
Penche
Secoue
Secoue
?!

QU'EST-CE QUE... ?
Secoue
Secoue
!!!
Clic
Clic

OUI, MAMAN, JE VAIS COUCHER LES ENFANTS.
CHICKEN
Poulet épicé
Ding
S'ouvre...
EST-CE QUE TU POURRAIS JUSTE VENIR T'OCCUPER D'EUX PENDANT QUELQUES JOURS ?
Ne pas
appuyer
Ne pas
pousser
Pschh...
OUI, OUI... D'ACCORD.

Pschhh...
Tût
IL NE RESTE PLUS QUE 13 JOURS AVANT LA DATE DU SUICIDE COLLECTIF.
EST-CE QU'ON VA RÉUSSIR À BLOQUER L'HYPNOSE ?
XX XX
21:49:32
Tac
ET SI NON... QU'EST-CE QUI VA SE PASSER ?
Poulet épicé

Clac
PAPA !
OUAH ! C'ÉTAIT VRAIMENT PAPA !
YOUPI ! DU POULET !!!
TU VOIS ! JE T'AVAIS DIT QUE J'AVAIS ENTENDU DU BRUIT !
HÉ, LES ENFANTS ! QUI VOUS A APPRIS À OUVRIR LA PORTE COMME ÇA ?!
PAPA, VIENS JOUER AVEC NOUS !
ET SI C'ÉTAIT QUELQU'UN DE MAL INTENTIONNÉ ?
Whouu...
MOI
WOO
Whou
GONG

CHAPITRE 39 - Les griffes du fauve
MOTEL
Pschhhhhh...
COMMENT J'AI EU CETTE IDÉE...?
CACHER UNE CLÉ USB DANS UNE CLÉ USB...
J'AI DÛ ME CREUSER LA TÊTE LONGTEMPS POUR EN ARRIVER LÀ.
MOI
C'EST VRAIMENT MOI QUI AI FAIT ÇA ?
C'EST CLAIR QUE DONGCHEOL NE POUVAIT PAS TROUVER.
SI J'AI À CE POINT-LÀ RÉFLÉCHI POUR CACHER CETTE CLÉ, IL DOIT FORCÉMENT Y AVOIR QUELQUE CHOSE DE CRUCIAL À L'INTÉRIEUR.
MAIS POURQUOI JE NE L'AI PAS TOUT SIMPLEMENT DIT À DONGCHEOL, SI JE VOULAIS LUI MONTRER CES PREUVES ?
Fwip...

IL FAUT ABSOLUMENT QUE JE ME SOUVIENNE DE CE QU'IL S'EST PASSÉ.
Tac
J'AIMERAIS BIEN TROUVER DES INDICES LÀ-DESSUS...
MAIS IL N'Y A QUE QUELQUES PHOTOS ET UNE VIDÉO
Clic
IMG(1).jpg
IMG(2).jpg
OH ? MAIS ELLE EST CONNUE, ELLE ! C'EST SHIN JINA, NON ?
QU'EST-CE QUE SA PHOTO FAIT SUR MA CLÉ ?

ELLE ÉTAIT VRAIMENT POPULAIRE QUAND ELLE A FILMÉ LE DRAMA "SYMPHONIE DRAMATIQUE".
CE DRAMA A EU TELLEMENT DE SUCCÈS QUE MÊME MOI, JE L'AI REGARDÉ.
ELLE S'EN EST BIEN SORTIE PENDANT UN MOMENT, PUIS IL A ÉTÉ RÉVÉLÉ QU'ELLE AVAIT EU UN ENFANT CACHÉ ET ELLE S'EST RETIRÉE DE LA VIE PUBLIQUE.
QUELQUES JOURS APRÈS L'ANNONCE SOUDAINE DE SON MARIAGE, ON A APPRIS SA MORT, IL ME SEMBLE.
SON CORPS A ÉTÉ DÉCOUVERT DANS LE FLEUVE ET LA POLICE A FINALEMENT CONCLU À UN SUICIDE, CE QUI A PROVOQUÉ UN SCANDALE...
?!
ALORS QU'EST-CE QUE SA PHOTO...
Se fige
HEIN...?

EST-CE QUE L'HOMME QUE SHIN JINA A ÉPOUSÉ…
EST LE MAGICIEN SONG ?
MAIS QU'EST-CE QUE LEUR PHOTO FAIT LÀ ?
Clic
(2).jpg
IMG(3).jpg
(8).jpg
video.wmv
Pzzz Pzzz
EST-CE QUE CETTE VIDÉO PARLE DE LEUR RE-LATION ?
Pzzz Pzzz
DANS CE CAS…

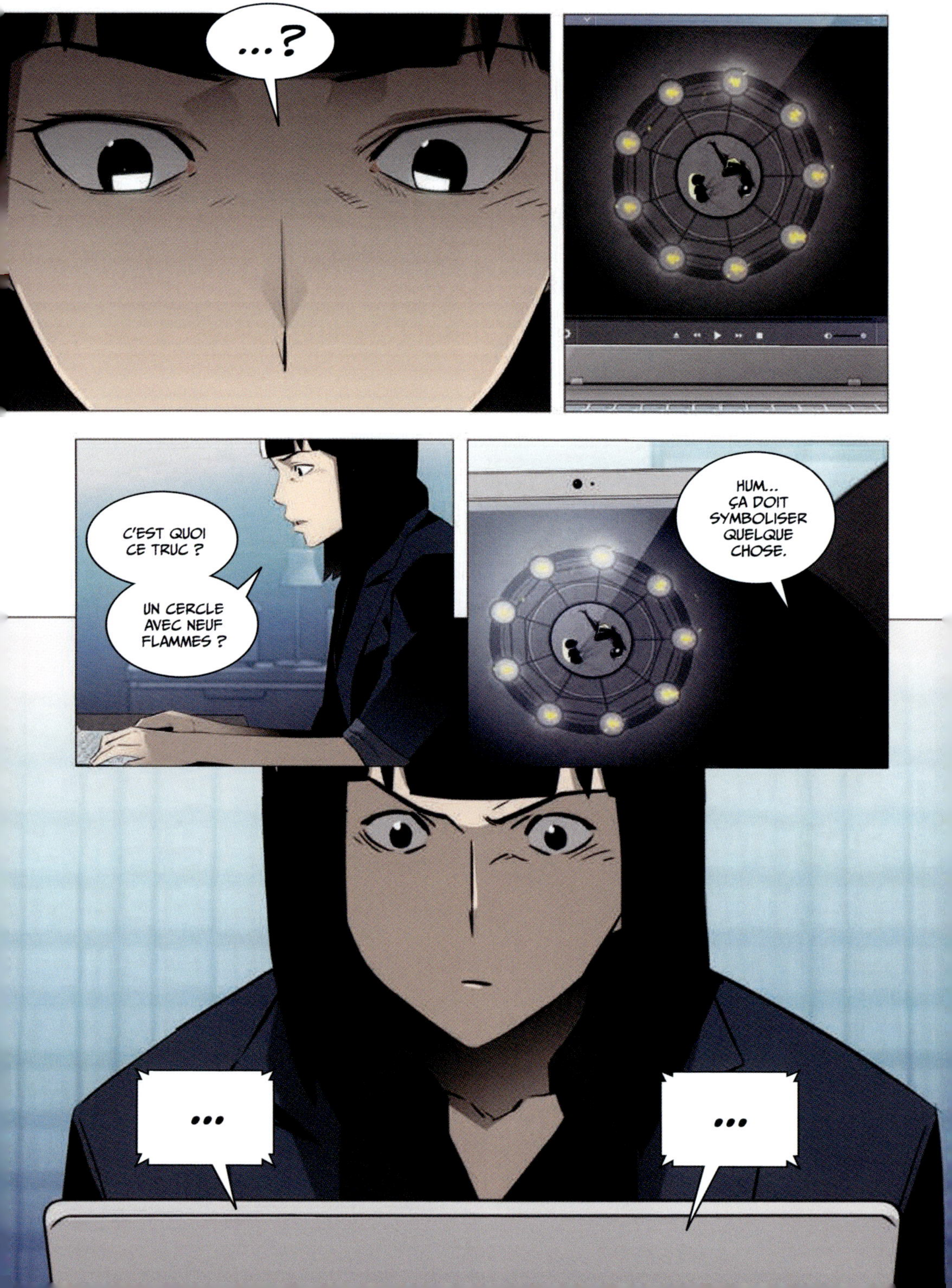
...?
C'EST QUOI CE TRUC ?
UN CERCLE AVEC NEUF FLAMMES ?
HUM... ÇA DOIT SYMBOLISER QUELQUE CHOSE.
...
...

CET HOMME A L'AIR DE DIRE QUELQUE CHOSE, MAIS LE SON N'EST PAS ASSEZ FORT.
...
...
...
ATTENDEZ ! MAIS CETTE FEMME...
ABSENTE...
C'EST SHIN JINA ?!
Fwip
N... NON !!!

PAF
Paf
Paaf
Paf
Slash
Slash
Slash
Paf
Plic...
Glou
Glou

Glou
Glou
Fwip...
!!!
JOUR J
13 JOURS 19 HEURES
BUREAU DU PRÉSIDENT

APRÈS LE DRAME DE L'OPÉRATION DU JOUEUR DE FLÛTE PERPÉTRÉE PAR K...
NOS CITOYENS ET MÊME CEUX DU MONDE ENTIER SONT EN PANIQUE.
LA CRAINTE QUE L'HYPNOSE FINALE SE RÉALISE EST EN TRAIN DE SE RÉPANDRE COMME UNE TRAÎNÉE DE POUDRE.
CHEF DE LA SÉCURITÉ INTÉRIEURE JEONG INYONG
TOUT CELA FAIT QU'IL LEUR DEVIENT DIFFICILE DE MENER UNE VIE QUOTIDIENNE NORMALE.
EN DÉFINITIVE, LA SOCIÉTÉ TOUTE ENTIÈRE VA ÊTRE PARA...
PLUS DE 400 MILLIONS DE PERSONNES ONT REGARDÉ CETTE HYPNOSE ?
DES MÉDIAS DU MONDE ENTIER ONT MENÉ L'ENQUÊTE, ET...
ILS PENSENT QU'IL Y EN A BEAUCOUP PLUS QUE ÇA.
COMBIEN DANS NOTRE PAYS ?

PLUS DE 15 MILLIONS...
15 MILLIONS...
PLUS DE 15 MILLIONS DE PERSONNES...... VONT MOURIR À CAUSE DE CETTE HYPNOSE...
Brr
Brr
JE SUIS TERRIBLEMENT DÉSOLÉ...
Brr
Brr
COMBIEN DE TEMPS RESTE-T-IL ?
TREIZE JOURS ET ENVIRON DIX-NEUF HEURES.

NOUS DEVONS L'ARRÊTER !
Brr
Brr
C'EST LA PREMIÈRE FOIS QUE NOTRE PAYS... NON, QUE LE MONDE ENTIER FAIT FACE À UNE TELLE SITUATION D'URGENCE.
NOUS DEVONS TROUVER K ET L'ARRÊTER !
PEU IMPORTE LES MOYENS EMPLOYÉS !
À TOUT PRIX...
NOUS DEVONS L'ARRÊTER À TOUT PRIX !!!
Brr
Brr
Brr
ALORS COMME ÇA, MÊME LE PRÉSIDENT...
A ÉTÉ HYPNOTISÉ.
Sourit
POURQUOI PENSEZ-VOUS QUE K AIT LANCÉ CETTE HYPNOSE ET QU'IL AIT FAIT TOUS CES ACTES TERRORISTES ?!

À CAUSE DE SON RESSENTIMENT ENVERS LE GOUVERNEMENT !
NE CROYEZ-VOUS PAS QU'IL MET EN GARDE LE PRÉSIDENT ?
LA GRANDE PUISSANCE ÉCONOMIQUE QU'EST NOTRE VOISIN, LE JAPON, PUBLIE CHAQUE JOUR CES NOUVELLES !
NOUS SOMMES LES SEULS À L'IGNORER ! LES SEULS !!!
NOS ALLIÉS, LES USA, SONT EN COLÈRE ! NOTRE PAYS MENACE LE MONDE TOUT ENTIER !
DESTITUONS LE PRÉSIDENT ! LA COLÈRE DE K DOIT ÊTRE APAISÉE POUR QU'IL ANNULE L'HYPNOSE !
N'ÊTES-VOUS PAS D'ACCORD AVEC MOI ?
LA PAYS EST À L'ARRÊT. ALORS QUE LE PARTI AU POUVOIR GARDE LE SILENCE, L'OPPOSITION CONTINUE DE CRITIQUER JOUR APRÈS JOUR LE GOUVERNEMENT.
TRAGÉDIE DU JOUEUR DE FLÛTE... LE PAYS EST PARALYSÉ
DES PAYS DU MONDE ENTIER, TEL QUE LES USA...
METTENT LA PRESSION AU GOUVERNEMENT AFIN QU'IL ACCEPTE LEUR AIDE MILITAIRE ET POLICIÈRE.
POUR ATTRAPER K.
INTERPOL A ÉGALEMENT LANCÉ UN MANDAT D'ARRÊT À L'ENCONTRE DE K ET A DÉPLOYÉ DES AGENTS...
Tac...
QUI DEVRAIENT TRAVAILLER EN ÉTROITE COLLABORATION AVEC NOTRE ARMÉE ET NOTRE POLICE.

PAPA !
?
OH ? MAIS POURQUOI VOUS N'ÊTES PAS AU LIT, TOUS LES TROIS ?
VOUS AVEZ ÉCOLE DEMAIN, IL FAUT QUE VOUS VOUS COUCHIEZ TÔT !
MAIS YOHAN NE VA PLUS À L'ÉCOLE.
ON EST MOINS D'UNE DIZAINE À ALLER EN COURS.
PLUS PERSONNE NE VIENT !
ET NOUS AUSSI, ON A VU LE SPECTACLE DE K.
ALORS EST-CE QU'ON PEUT PAS AUSSI SÉCHER L'ÉCOLE ?
ON PEUT, NON ?
IL PARAÎT QUE DANS TREIZE NUITS ON IRA AU CIEL, C'EST VRAI ?
C'EST VRAI ? ALORS C'EST VRAI ?
LE CIEL ? N'IMPORTE QUOI ! ON VA JUSTE MOURIR !

ET TOI, PAPA ? TOI AUSSI, TU L'AS VU !
ON VA TOUS REJOINDRE MAMAN...
PAPA ! ON NE VA PAS AU CIEL ALORS ? ON MEURT JUSTE ?
C'EST FAUX, HEIN ? TU AS DIT QUE MAMAN ÉTAIT AU CIEL !
...
HA HA HA ! MES PETITS ! QUI VOUS A DIT ÇA ?
AH, ARRÊTE ! FAIS PAS ÇA !
TU VOIS, J'AVAIS RAISON ! PAPA A DIT QU'ON N'ALLAIT PAS MOURIR.
MAIS YOHAN M'A DIT... QUE SES PARENTS FAISAIENT DES PRIÈRES TOUS LES JOURS POUR ÊTRE SAUVÉS...

VOUS RACONTEZ N'IMPORTE QUOI POUR NE PAS ALLER À L'ÉCOLE, HEIN ?
NON !
CELUI QUI N'IRA PAS SE COUCHER DEVRA S'OCCUPER DE LAVER LES TOILETTES PENDANT UNE SEMAINE !
BEURK !!! JE VEUX PAS LAVER LES TOILETTES !
PAPA, JE COURS ME COUCHER ! JE SUIS SÉRIEUX !
YOUPI ! C'EST MOI LE PREMIER !!!
PAPA ! JE SUIS PARTI EN RETARD PARCE QUE TU ME TENAIS !
DEUXIÈME !
LE TROISIÈME NETTOIERA LES TOILETTES PENDANT UNE SEMAINE ! HA HA HA HA !
C'EST PAS VRAI ! C'EST LE DERNIER À S'ENDORMIR !
C'EST UNE TERRIBLE CATASTROPHE.
BEAUCOUP ONT PERDU LEUR FAMILLE, LEUR VOISIN...
OU MÊME LEUR FUTUR.
LES AGISSEMENTS DE K NE SONT PAS DE SIMPLES ACTES CRIMINELS...

CE SONT DES ACTES TERRORISTES CONTRE TOUS LES CITOYENS... CONTRE LE MONDE ENTIER.
LE GOUVERNEMENT A DONC MOBILISÉ LA POLICE ET L'ARMÉE AFIN DE LE FAIRE CONDAMNER POUR SES CRIMES.
JE VOUS PROMETS QUE NOUS ATTRAPERONS K...
ET QUE L'HYPNOSE SERA LEVÉE.
À PARTIR DE MAINTENANT, TOUTES LES VIDÉOS OU INFORMATIONS SUR K SERONT SUPPRIMÉES DE LA TOILE.
K...
SI QUELQU'UN DIFFUSE DU CONTENU RELATIF À K...
IL SERA JUGÉ COMPLICE DE TERRORISME ET SERA SÉVÈREMENT PUNI.
AUJOURD'HUI, PARK GWANGSU, LE CHEF DU DÉPARTEMENT DES ENQUÊTES SPÉCIALES À QUI LE GOUVERNEMENT A ASSIGNÉ CETTE AFFAIRE, A LANCÉ UNE OPÉRATION DE GRANDE ENVERGURE POUR ATTRAPER K.
BAR À JEUX
L'HOMME QUI A ÉTÉ FILMÉ PAR UNE CAMÉRA DE SÉCURITÉ SUR LES LIEUX DE LA TRAGÉDIE DU JOUEUR DE FLÛTE, SEO JINWOO, EST TRÈS FORTEMENT SUSPECTÉ. UN MANDAT D'ARRÊT A ÉTÉ LANCÉ À SON ENCONTRE. NOUS DEMANDONS AUX CITOYENS D'ÊTRE SUR LE QUI-VIVE.
WOUF
WOUF
WOUF
WOUF
WOUF
WOUF
WOUF
Paf
Paf
Paf

Wouf
...
Wouf
Wouf
WOUF
Wouf
Wouf
Wouf
Wouf
Wouf
Wouf
Wouf
Wouf
Wouf
Wouf
Wouf
Wouf
Wouf
Grrr

Grrrrr...
Wouf
Wouf
Wouf
Wouf

WOUF
WOUF
Paf
Paf
WOUF
WOUF
Fwip
Fwip
WOUF
WOUF
S'arrête
OH LA LA ! QU'EST-CE QUI T'ARRIVE AUJOURD'HUI, CHERRY ? POURQUOI TU ABOIES AUTANT ?
Tac...
QU'EST-CE QU'IL Y A DEHORS QUI TE REND AUSSI... ?

Ping
Pouf
Ta tà tap...
Pschhhhhh
C'ÉTAIT QUOI, ÇA ?
QUI SUIS-JE ?
QUI SUIS-JE VRAIMENT, À LA FIN ?!

Flap
Flap
Elle est en dange
Un autre MONSTRE
va la ...
La dévorer.
!!!
ALORS
L'AUTRE MONSTRE
DONT K PARLAIT...

Wouuuuh
C'EST MOI ?!
NON !
Pschhhh...
IMPOSSIBLE !!
Pschhh...
JOUR J
13 JOURS 19 HEURES

...
Pschh...
Vrrrrr...
SEO JINWOO EST EN TRAIN DE TRAVERSER LA VILLE POUR ALLER QUELQUE PART.
NOUS AVONS FAIT DEUX ÉQUIPES POUR LE RATTRAPER. QUINZE PERSONNES AU TOTAL SONT À SA POURSUITE.
ET CHA JIHYEON ?
SON MOTEL A ÉTÉ ENCERCLÉ, NOUS ATTENDONS VOS INSTRUCTIONS.
QUE VOULEZ-VOUS FAIRE ?
AMENEZ-LA-MOI.
ENTENDU !

JE ME DEMANDE...
QUELLES CARTES CES DEUX-LÀ ONT EN MAIN...
Tût
JE SUPPOSE QUE JE N'AI PLUS QU'À LES LEUR VOLER ET LE VOIR PAR MOI-MÊME.
UNE HYPNOSE QUI TUERA PLUS DE 400 MILLIONS DE PERSONNES EN MÊME TEMPS ?
C'EST TRÈS MIGNON CE QUE TU NOUS AS FAIT LÀ...
K...
Ha ha ha...
AH ! NON ! JE DEVRAIS PLUTÔT DIRE "SONG", NON ?
QUEL QUE SOIT TON BUT...
Ha ha
DÈS QUE TU CESSERAS DE NOUS ÊTRE UTILE...

JE RÉDUIRAI TON CRÂNE EN MORCEAUX...
COMME JE L'AI FAIT AVEC SHIN JINA. HA HA HA !
Fwip...
Brr
Brr
Boum
BOUM
PARK GWANGSU !
!!!

ATTRAPEZ-LA !!!
Tac
QUI ÊTES-VOUS ?!
ELLE VIENT DE RETIRER QUELQUE CHOSE DE L'ORDINATEUR !
SAISISSEZ-VOUS D'ELLE ET DE TOUT CE QUI SE TROUVE DANS CETTE PIÈCE !
OK !
Fwip
QUI SONT CES TYPES ? ILS NE FONT PAS PARTIE DU BUREAU DES ENQUÊTES SPÉCIALES !

CHAPITRE 41 - L'attaque

Crac
CE N'EST PAS UNE FEMME LAMBDA ! NE FONCE PAS TÊTE BAISSÉE !
ARGH !
Pouf
Fwip
ATTRAPEZ-LA !!!
Fwip...
Tap
?!
Woush
Paf
ARGH !

Crac
Fwip
ILS NE FONT CLAIREMENT PAS LE POIDS FACE AU TUEUR CONTRE LEQUEL JE ME SUIS BATTUE LA DERNIÈRE FOIS...
Voum
AAH !
Serre
MAIS VAINCRE CINQ GARS DANS UNE PIÈCE AUSSI PETITE...

AH !!!
Paf
Poc
Pouf...
C'EST BON !
Tap

MERDE !
ÇA NE VA PAS ÊTRE FACILE DE S'ENFUIR...
Fwip
ON L'ATTAQUE TOUS EN MÊME TEMPS !
ON VA L'AVOIR !
C'EST PARTI !
Pzzt
H... HEIN ?
JOUR J
13 JOURS 19 HEURES
QUI EST L'IMBÉCILE QUI A ÉTEINT LA LUMIÈRE ?
RALLUMEZ-LA !!!

Tac
Pschhhh...
Pzzt
...

Tap
Encore un peu de patience, Jina...
Tap
Fwip...
Clac
Clac
Tap
Monsieur K !
Tout sera bientôt fini.
Y a-t-il un problème ?
Fwip
Park Gwangsu est en mouvement.

ON M'A DIT QU'IL AVAIT ENVOYÉ DES GENS S'EMPARER DE SEO JINWOO ET CHA JIHYEON.
JE PENSE QU'IL A DONNÉ CET ORDRE POUR VOUS METTRE DES BÂTONS DANS LES ROUES.
C'EST TRÈS CERTAINEMENT LE CAS. MAINTENANT QU'IL A DÉCOUVERT MON IDENTITÉ, IL NE VA PAS RESTER SANS RIEN FAIRE.
MAIS, MAINTENANT QU'IL A COMMENCÉ À BOUGER SES PIONS...
IL VA SANS DOUTE CHERCHER À CONTRECARRER VOTRE PLAN.
NE FAUDRAIT-IL PAS PRENDRE DES MESURES PRÉVENTIVES ?
IL SAIT MIEUX QUE QUICONQUE...
POURQUOI J'AI PLANIFIÉ TOUT ÇA ET POURQUOI JE CHERCHE À ENTRER DANS LE CERCLE NEUF.
FWIP...
J'ÉTAIS DÉJÀ AU COURANT DE SES AGISSEMENTS. NE VOUS INQUIÉTEZ PAS.
TAC

NOTRE PRIORITÉ...
EST D'EMPÊCHER CHA JIHYEON DE TOMBER DANS LES GRIFFES DE PARK GWANGSU...
C'EST ELLE...
QUI DOIT CLORE EN BEAUTÉ...
MON NUMÉRO FINAL.
Sourit

K VOIT TOUT. C'EST UN DIEU.
Woush...
IL NOUS SAUVERA D'UN MONDE CORROMPU...
Ouvre
Woush...

Tap
NE SOUS-ESTIMEZ PAS LA POLICE NATIONALE !
BAM
ARGH !!!
BOUM
Fwip
Fwip
Fwip...
Tac

ELLE S'ENFUIT !
ATTRAPEZ-LA !
NE LA LAISSEZ PAS S'ÉCHAPPER !!!
Fwip
Ta ta tap...
ELLE PREND LES ESCALIERS ! SUIVEZ-LA !
HÉ !
Fwip
?
Pshouc

Splash
Fwip...
Pshouc
SPLASH
Pouf

AVEC ÇA, ÇA VA ÊTRE DIFFICILE DE LA POURSUIVRE !
Tac
Fuip
Sssh...

Pschhh...
Splash
Splash
Ta ta tap
PARK GWANGSU A TUÉ SHIN JINA ET USÉ DE SON AUTORITÉ POUR MAQUILLER CE MEURTRE EN SUICIDE...
LA PRESSE A FAIT REMONTER À LA SURFACE DES CONTRO- VERSES SUR D'ÉVENTUELS SPONSORS POUR DÉTRUIRE SA RÉPUTATION.
C'EST POUR ÇA QU'IL EST DEVENU K ET QU'IL A HYPNOTISÉ TOUT LE MONDE !
SONG VEUT CERTAINEMENT SE VENGER DE TOUTES LES PERSONNES IMPLIQUÉES DANS CETTE HISTOIRE.
JE DOIS L'ARRÊTER !

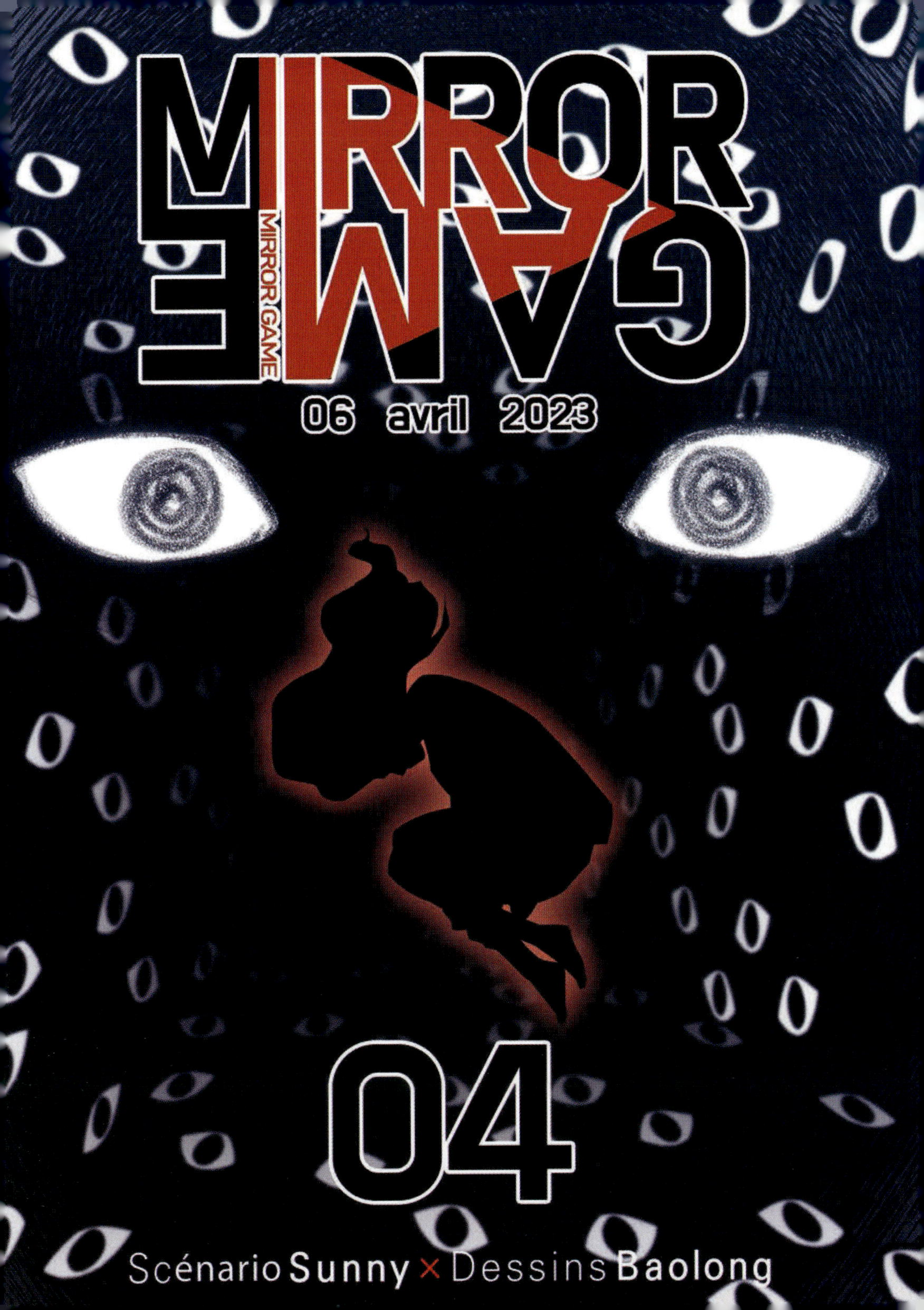
MIRROR GAME
MIRROR GAME
06 avril 2023
04
Scénario Sunny × Dessins Baolong

Mirror Game Vol.3

Directeur de collection : Benjamin Maisak
Texte et illustration : Sunny & Baolong
Adaptation française : Studio Makma
Traduction : Callisto Versin
Lettrage : Pierre Leboulanger & Bryan Wetstein
Relecture : Julie Asayag
Corrections : Bryan Wetstein

ISBN : 9782491290764
Dépôt légal : Janvier 2023
Achevé d'imprimer sur les presse de SNEL - www.snel.be